ワケあり心臓

陽向

ポエムピース

百合の花

思い出すのは
幸せ過ぎた日々
誰にも言わない
誰にも言えない
抱いていた恋心
好きというのは
献花台まで持っていく

ロボティックハート

誰に命じられた訳でもなく
気付けば目で追っていた
生憎制御機能は持ち合わせておりません

愛し方がわからない
抱き締め方がわからない
不器用な恋心

夢のままでいい　憧れのままでいい
傷《きず》いた時には遅かった
生憎記憶の消去ができません

叶わないと決まっていた
知らなければよかった
悩ましい出逢い

麻痺

止まない罵声も
増え続ける一酸化炭素も
君の所為で苦しくない

無意識の加害者

差し伸べられた手を
離れぬように繋いでいたら
力強さのあまり
その手を握り潰してしまいました。

マーメイドシンドローム

やっと出逢えたけど
其処では生きられない
居場所なんてない
住む世界が違いすぎた

ままならない呼吸
此処でしか生きられない
最初からわかっていたはずなのに
こんなに苦しいのは何故

大好きでした

本当に好きでした
少し間違えば罪になりそうな優しさも
私にはもったいなかったんだ

瓶詰めの後悔

寄せては返す波の音
いつもに増して輝く星
浅い呼吸を繰り返し
ひとつひとつ　思い出す

声と引き換えに手にしたのは
束縛的な自由だった
何も知らないその心で
幸せそうに笑っていた

これで最後と決めて

掟を破り逢いに行くけど
声のないワタシは想いを伝える事もできず
呼び止める事もできない

結末を物語る雫
沈没船に夢を託していた
何もかも知ってしまったから
もう此処にはいられない

泡沫の恋だという事
心の何処かで気付いていた
それでも手を伸ばしたのは
ただ逢いたかったから

隠恋慕《かくれんぼ》

想い続けても仕方ない
これは借り物の愛
諦めると決めたはずなのに
性懲りもなく想ってる

彼

やはりあの時
大好きだと言えばよかった
手の届かない存在だとしても
伝えればよかった
やはりあの時。

箱詰めの憂鬱

殺風景なこの街に
君の憂鬱が売られていた
閑散としたこの店に
君の憂鬱が売られていた

傷の付いた希少品
買い取る手段はただひとつ
誰かの痛みを売り渡す
お金や名誉は及ばない

いつか世界に晒される

そんな事になるくらいなら
そんな目に遭わせるくらいなら
迷う事は　ひとつもない

頭の堅い店主から
買い取るための最終手段
僕の痛みと引き換えに
君の憂鬱預かった

誰も知らない
君の憂鬱
誰も知らない
僕が売った痛み

心の病気

心に何か刺さったのか
穴が空いたかのように痛いのだ
誰もわかっちゃくれないさ
貴方だけだったな

生きてるだけで苦しいなんて
どうしたらいいんだ
これ以上生きたくもないのに
死にたくもないんだ

「生きることが大事」だって

僕にはわからないけど
貴方には生きていて欲しいと思うのです
「生きることが大事」だって
僕にはわからないから
貴方の言葉でそれを教えて欲しいのです

心だけ先に死にかけて
無様に生き残ってはいるものの
体だけ老いて釣り合わない
子供のままだ

どうしたらいいんだ
どうしたらいいんだ
生きるしか答えがない貴方を
理解できない僕が嫌い

生きるのが恐い
死ぬのも恐い　なんて
とんだ命の無駄遣い
「生きることが大事」だって
僕にはわからないけど
貴方には生きていて欲しいと思うのです

危篤

心を持ってしまったロボットは
精一杯想いを伝えるけど
ちょっとした誤作動と判断され
自分の涙で故障中

アローン

笑わないのは
意味がないから

手を離したのは
千切れてしまいそうだから

日曜日が嫌いなのは
明日が月曜日だから

青空が苦手なのは
眩しすぎるから

空を見るのは
逢えた気がするから
孤独になるのは
決められた運命だから

心臓学者の苦悩

多くの成功を修めた僕は
地位と名誉を手にしたけど
嬉しくなんかない
僕が欲しいのはこんなものじゃない

人工的な音が響く研究室
助手たちは歓喜の声を上げるけど
独り頭を抱え悩む
あぁ、また失敗だ。

僕の一番の目的は
死んだ者を生き返らせる事
他には何の興味もない
それを知った助手たちは逃げてしまった

君は実験の失敗作
再生不能なマネキン
それを作った僕は恋の残骸
死んだように生きている

苦しい　苦しいよ
強く抱き締めても
伝わるのは冷たい温もり
君はもう　いないんだ。

殺心事件《さつじんじけん》

白昼堂々殺心
置き去りの僕は
不法投棄の泥人形

朝になれば
くしゃくしゃの紙を手に
雨晒しになる　僕の死体

心が殺された
体だけが残された
捨て身のアンドロイドが起動した

白昼堂々殺心　堂々殺心

情内アナウンス

白線の内側でお待ち下さい。
後悔が顔を出すと　大変危険です。
お手元の切符を
今一度　ご確認下さい。

この列車は　最終便です。
走行中　揺れる場合がございます。
悲しみや寂しさ等は
胸の奥で保管して下さい。

間もなく最終列車が発車致します。
お乗りになったお客様は
二度とお帰りになれませんので
ご注意下さい。

喪失

神様の仕業で
今度は君がいなくなる
わかっていた　わかっていたのに
もう此処にはいない
また救えなかった

傷

触れないでください
癒さないでください
消さないでください
痛くてたまりませんが
貴方が生きてた証として
いつまでも残しておきたいのです。

悲願花

大好きだから
またいつか逢えると信じて
あの日手向けた花のように
空見上げてます

一番伝えたいことは
言葉になってくれないや
此処に来る度思う
人に語れる哀しみならよかった
今までずっと歩いてきたけど

もう歩けそうもないのです
あの日手向けた花も
今は力なく俯いて

インソムニア

君のこと　忘れようと
瞳を閉じる

浮かぶのは
切れ切れの記憶

麻酔のように曖昧で
それでもなんだか　苦しくて

射し込む光　鳥の鳴き声
もう朝だ

乱れる呼吸　胸の締め付け
また君だ。

プリザーブドヒューマン

剥製でもなく
偽物でもない
ちょっとした加工を施して
仮死状態の君を
半永久的に保存

哀族館

多重人格のイルカは浮遊して
失声症のクリオネは挙動不審
鬱病の熱帯魚は溺れかけ
人間《ひと》はそれを綺麗だと言う

溺死

もう　ダメなんだ
あの頃のように生きられない
もう　この憂鬱に疲れたから
子供のように　溺れるように
君のように眠ろう

千切れた過去　優しく誘う
もう何も聞こえない
朦朧とする僕はまるで
海で彷徨い　泳ぎ疲れて
陸を目指す魚

生きることさえままならない
これ以上先へ行けと言われても
もう　この憂鬱に疲れたから
子供のように　溺れるように
君のように眠る

ワーカホリック

鏡の前でネクタイを絞める
仕事しかない僕は
絞め方を変えるべきなのか

今日も戦場に着く
何百件とある書類より
心が重い

空が青いらしい
僕の心も知らずに快晴
僕が暗いと言われているようだ

死に物狂いでなんでもする
愛されなくたっていい
今までだってそうだろ

頭の中の怪物は苦悩する
今日が終わる
それでも僕は死にたくなるのです

スターゲイザー

きっといつもと同じ
あまりにも綺麗な夢だったな
もう　さよならなんだ
それが世界の決まりなんだ

君は神様に魅入られ
空に連れていかれてしまったけど
闇に魅入られた僕は
また失くしてゆくの？

真っ暗で探せないよ

孤独を貫いていれば
君を好きにならなければ
こんな事にはならなかったのかな

君は神様に魅入られ
空に連れていかれてしまったんだ
闇に魅入られた僕は　また
失くしてゆくの

過呼吸

漠然とした不安は
今日も消えることはなく
朝がくるのが恐い僕を
朝日が刺してくる

生きる意味だとか
死んではいけない理由だとか
もうわからなくて
それでも過度な呼吸の繰り返し

人間が嫌いなはずなのに

人間の君が好きで
それだけが生きることを許してる
安らかな憂鬱

漠然とした不安は
今日も消えることはなく
朝がくるのが恐い僕を
朝日が刺してくる

某、快晴

君の顔が見たいのに
写真を見ることができない
思い出なんて嫌いだ

君に逢えないのなら
もうこの世界に用はない
口癖のように名前を繰り返す

理由もわからぬ涙
消えることは悲しくない
浮かぶのは君の笑顔ばかり

僕が消えても
君には笑っていて欲しいと願うと同時に
君の心に傷を残したい

4月

夏の思い出
二人の約束
忘れて前を向けって
「前」って何処だ？

中途半端な優しさで
こっちに来ないで
いなくなる　わかってる
君もいつか死んじゃうんだ

また夏が来て

逢える日が来るって
そう思うことでしか死を待てない
「前」って何処だ。

陽向 Hinata

8月10日生まれ、北海道出身。
人と違うことで生きづらさを感じつつ、唯一愛せた人ばかりを失くした孤独を綴る。
「普通」に生きられない、「普通」がわからない。
小学生の頃から詩、歌詞を書き続け、高校生の時にはマイナーバンドに歌詞を提供。
現在はTwitterにて詩を発信中。@hinata_sakurada

ワケあり心臓《しんぞう》

2020年9月21日　初版第1刷

著　者　陽向《ひなた》
発行人　松崎義行
発　行　ポエムピース
東京都杉並区高円寺南4-26-12　福丸ビル6F
〒166-0003
TEL03-5913-9172　FAX03-5913-8011
編　集　古川奈央
装　幀　洪十六
印刷・製本　上野印刷所

ISBN978-4-908827-68-6 C0095